Fujita Houseki SENRYU Collectio

川柳句集

旅路の六十年

藤田峰石

Fujita Houseki

TABIJI no ROKUJUNE

新葉館出版

●旅路の六十年に寄せて

松風の音

西來　みわ

　このところ、三日三晩、いやもっと「峰石句集」のゲラが着いてからずっと、朝も昼も夜も、藤田峰石川柳、一一一三句と向かい合ってきました。「旅路の六十年」に収録するための選出作業でした。今迄、峰石さんの「川柳作品集」「詩文集」に何回も序文を書かせていただいてきました。曰く、

①藤田峰石川柳作品集「一粒の麦」　（平成十一年）
②藤田三四郎詩文集「私と落葉」　（平成十三年）
③藤田三四郎詩文集「白樺のうた」　（平成十六年）
④藤田三四郎詩文集「マーガレットの丘」　（平成十八年）
⑤藤田三四郎作品集「月光を浴びて」　（平成二十一年）

⑥藤田三四郎作品集　「死の谷間母の言葉で生まれ変わる」（平成二十三年）

そして今回の「川柳句集」です。文章や詩など、文学的才能豊かな藤田峰石さんの、今回の「旅路の六十年」は川柳のご縁でお付き合いいただいていながらのはじめての句集です。

淡淡と詠いつづけてこられた峰石川柳は、「川柳研究」誌会員の頃から、幹事になられた現在まで、一九八六年（昭和六十一年）九月号から、二〇一一年（平成二十三年）八月号までの一一一三句。それらには、峰石さんの人生が刻まれています。

峰石さんは、一九二六年（大正十五年）二月二十二日、茨城県で生まれました。ご父君の「時の人になるように」の願いが篭められた〝時男〟と命名されました。一九四五年（昭和二十年）七月七日、十九歳で、ハンセン病を患い、国立療養所栗生楽泉園に入園、本名は伏せ〝三四郎〟を名乗りました。一九七八年（昭和五十三年）、川柳研究社に入会、〝峰石〟を名乗られたのだと思います。

死の谷間母の言葉で生まれ変わる

楽泉園では、ふさ夫人との出会いがありました。

峰石、ふさご夫妻には、仮孫さんが千人いらっしゃいます。その様子が、この句集の中に何気なく語られています。ふさ夫人は決して表には出られない控え目なお人柄でした。裏で峰石さんを支えられた功労者です。私はとうとう、ふさ夫人にお目もじのチャンスがありませんでした。「高原川柳」の選者として、療養祭にお招きいただくようになり、峰石さんのお宅にお邪魔して、ふさ夫人のおだやかな遺影に合掌させていただきました。

更に、峰石川柳は栗生楽泉園での暮らし、ハンセン病とともに生き、楽泉園のみならず全国の療友のために活動されている、自治会長としての「自治会川柳」でしめくくられています。

すでに発刊された詩文集などへ、序文を書かせていただいてきましたので重複しますが、改めて峰石さんとの出会いを書かせていただきます。

一九九八年（平成十年）五月号から、栗生楽泉園の機関誌「高原川柳」の選を、川柳研究社三代目代表、渡邊蓮夫先輩から「病んだ人の心がわかるのは、病んだ経験のあるみわさんしかいないから頼む」と、入院中の新宿医療センターのベッドで「高原川柳」の句稿を渡されて以来となります。私は結核で療養生活を送りました。そして、「国立療養所栗生楽泉園創立七十周年記念式典」にお招きいただき、高原川柳会の影山セツ子さんの案内で、天狗山レストハウスでの懇親パーティにも出席、自治会長として活躍の藤田峰石さんに初めてお目にかかりました。その後、私の母ものがたりである「風車―永遠に母は駈けてる音である―」に感動したからと、私のふるさと、長野県佐久市の小海線臼田駅前の母の碑「いのちの尊さ　ひとさまのために　柳本みつの」を訪ねてくださり、私の実家へも立ち寄っていただきました。二〇〇三年（平成十五年）八月十三日、折しも兄嫁が、奥座敷へお盆様（ご先祖の位牌など）を飾ったところでした。後に峰石さんが、「ふれあい文芸」（二〇〇四年）に発表した、「西來みわ先生の実家を訪ねて」の随筆が入選されたのを拝見して私は泣きました。峰石さんは十九歳でハンセン病を患い、故郷を離れて六十年余、ご実家は勿論、他家のお座敷に通されたことも、畳を踏んだこともなかったとうかがい、ハンセン病を背負って生きた峰石さんの人生の重さを受け止めました。それから、佐久市東立科のうぐいすの森「西來山荘」へもお寄りいただき、私の家族とともにお寿司を食べて、堀炬燵に足を入れ、座椅子にふんぞりかえって、峰石さんは松風を渡る風の音に耳を傾けていました。それはそれは嬉しそうな、お幸せな顔でした。

峰石さんは、私にとって、もう身内以上のお付き合いになっています。今回の句集への川柳、心を篭めて選考させていただきました。

「旅路の六十年」を、川柳家は勿論、多くの皆様に読んでいただけたらと祈っています。そして、ふさ夫人の分も、また千人もの仮孫さん達のためにも、お身体を大切にご活動くださいますように。今回の「川柳句集」、深謝いたします。

二〇一一年(平成二十三年)十一月吉日

(「高原川柳会」選者・川柳研究社顧問)

旅路の六十年 ■ 目次

旅路の六十年

第一章
命の花

らい園に生きて旅路の六十年

ふるさとを捨ててふるさと夢に出る
里帰り梅と桜にむかえられ
亡き妻へふるさとみやげ買って来る

訪問者握手が出来る時代来る

遺言の通りに葬儀出来ぬ園

朝顔も六十年間同じ色

干支七巡生かされ感謝の二字で生き
陽の当たる場所に住みたい自治活動
豊かさに慣れて自治活動も萎え

見学者堕胎児の碑に涙置く
誕生日産む苦しみを子に語り
宿命を神の恵みに替えて生き

おふくろのおむすびの味十四まで

木枯しもやわらかく吹く長寿園

面会へ蒲団に吸わす陽の温み

故里の土の香りの母の味

目を病んで人の心がよく見える

法王と偏見差別ない握手

聖地に立ち聖書のことば聞え来る

満月がふるさと便り置いていく

療園に住めば都の籍を置く

採血をするナースから礼言われ

病友も偕老同穴六十年

医師過剰医師が不足の村に住む

泥沼に花を咲かせて恩師散る
殉教の墓地へ手折った野菊さす
異国でも心開ける同病者

電話口ふるさと訛り今日も聞く

面会者雪景色だけ褒めていき

もう迷うことなく登る八十路坂

踏まれても踏まれても生き六十年

昭和史の傷跡だいて園に住む

沈丁花盲妻《つま》に香りを見せてやる

病む妻にやさしい言葉かけられず

札束はなくとも住める山に生き

住基ネット大正生まれも背番号

妹の手作り焼餅母の味

蒲団干し今夜は母の夢見そう

療園の行事は法事多くなり

大根蒔く水を薬のようにまく
大臣に陳情済めば握手され
治療棟百合の香りが待っている

突然の痛みが走る低気圧

スーパーのイチゴのラベル俺の里

看取る人看取られる人皆家族

車椅子見ないふりすることもある
陳情のカバンは余りにも重い
陳情をすれば議員は直ぐ握手

告別式へ胎児標本国謝罪

誕生日母の受難に感謝する

入所して還暦むかえ星まつり

診察の時間まで友の本音きく

偏見を払う栗生は雪化粧

自治活動住めば都と半世紀

療園に命の花が咲きました
病友はありがとうよと指字書く
解放されふるさと近くなりました

陳情に笑顔をつくる身の辛さ

人生の全ては神に委ねけり

ふるさとの土を踏むまで語り部よ

第二章　冬の薔薇

忘却の彼方にゆれる里灯り

足音の高まる凍る雪の道

出る杭は邪魔にされてる齢になり

友達は過去語ること多くなり

旅に出て心の垢を洗われる

春の旅桜の花に三度あう

収獲へ不作だろうと感謝祭

詩文集活字になって一人旅

道を聞く人によく会う文化祭

法要へ恩師の遺影生きている

冬の薔薇棘を小さく生きている
仕事着になればノルマが追いかける
洗濯機夫婦仲よく絡みあい

信頼をされて肩の荷重くなり
見送りに加わっている花吹雪
好奇心廻してくれる水車

決断の電話短かく強くいう

混む電車女の髪が長すぎる

七夕の願いの文字もサインペン

子の為に降らせてならぬ酸性雨

すいとんで不戦を誓う敗戦日

退院にベッドのリズムついてくる

紅葉が駆け足で来る山の家

空想のロマン育てる地図を買う

入れ歯して乾燥いもに遠くなり

退院を妻と待ってる万歩計

賀状にも一句を添えてのしとする

雪道を歩き心が清められ

山道を歩けば温い土の私語

散歩道で摘んだ山菜友と酌む

若き日を百歳鮮明に語る

サルビアを園中に植え夏を呼ぶ
蹴る石があるからストレスが消され
酸性雨降らせてるのは人間だ

旅疲れ丸太ころがす如く寝る

記者会見に臨むと闘志湧いてくる

コスモスが秋の色して咲いてくれ

雷に父の怒りを思い出す

兄さんの夢見たが無事かと電話

コスモスを乱れるままに活ける瓶

処女雪がブルドーザーに汚される

眼を病んで行動範囲狭くする

バラぼたん冬囲いして春に夢

夕焼けのむこうに浮かぶ旧友の顔

看護師のリズムに合わせ朝を起き

陳情の鋒コーヒーにかわされる

今日の汗流す温泉待っている

母の日に母の仕草に似る姉妹

連休へ白根浅間も銀座なみ

山菜がまな板に春呼び寄せる
妹に母の仕草がついてくる
金婚を祝う紅白シクラメン

造花でも職場の雰囲気が和み

本音では調子の出ない本会議

夫婦とは仲よく喧嘩して生きる

母と子の対話を聞いている平和

丸い世を四角に生きるへそ曲り

落葉舞う今年も逝った友の数

白百合の花それぞれの方を向き

戦傷のハンディ耐えて六十年

両親は他人にまかせボランティア

風邪僕に移して妻が化粧する

正月もＧパンで来る若者ら

トラブルをかき消すように雪が降る

年賀状七百書けた眼に感謝
自分史がペンネームだけ歩いてる
毎年の自治活動にペン止めず

療友褒章受章社会と平等に
七転び八起きとゆかず八十路坂
年金の暮らし温泉の里ありがたし

若者と対話で学ぶこと多し
自治活動にも夏休みほしくなり
とりたてのきゅうりまないたはずませる

第三章

遠きふるさと

さからわず風に身を置きもう八十路

脇役になって弱まる風当たり
草紅葉少年の日の足で踏む
これからの荒野抱いてる長寿国

里帰り母が生きてる山や川

春が来てこたつの上も広くなり

古傷が春が来たよと疼きだす

人生を一生青春で歩く

梅雨晴れ間洗濯物が皆笑い

出版を祝って友の長電話

お祈りのさなか電話が呼んでいる

高原に住み錦秋の贅にいる

陽だまりに誘い出される蕗のとう

時計よりラジオと共存の暮らし

帰宅して眼にふれるものあたたかし

太陽と出会うと弾む洗濯機

孫六人帰るとゴミの部屋になる

秋天へ寮舎干し物カラフルに

冬枯れて町のチャイムが近くなり

雪解けて土黒々と活気づく

夜勤明け出会うナースのみな笑顔

花吹雪浴びつつ夫婦ミサに行く

チューリップ絵本のような花が咲き

暗記した台詞忘れて湧く拍手

夏ばてへ牛乳を飲み煮干かみ

夢にまで明日の旅行の地図が見え

学生と懇話赤シャツ着て参加

ひまわりに頭さげよとたたかれる

雑草も車社会を悔いている
沖縄会議戦争傷跡生きている
この夏も休むことなく自治活動

働けることの仕合わせ冷奴

星空を眺めこだわり消えてゆく

海鳴りが今も聞える特攻機

嬉しくて仕方なき孫ランドセル
ふるさとの生き残りみなおじいさん
旅先で素敵な出逢い今日がある

岡山へ孫の結婚祝う幸
子の受験祈っていたら弾む声
三姉妹苦労話を置いていく

分身と守ってくれた杖使う

初夢に生きていた日の父に会う

ふるさとを思いださせる羽子の音

孫四人財布のしわが多くなり

ふるさとの灯り心にともしている

山茶花の花につめたい冬の宿

大学を出た孫たちに職はない

お互いに励まし合ってる万歩計

定年の職員に謝す名残雪

亡き母の心が生きている小袖

麦笛を孫に教えて赤トンボ

正論に反対意見付きまとう

妻の目の保護サングラスかけてやり

ひまわりの大きな顔に励まされ

ど演歌を流して西瓜売りに来る

どの孫も来るたび美人になっている

すいとんの味に夫婦の過去がある

葉桜に出会うことなく恩師逝く

舗装路の割れ目タンポポ親ばなれ

一年の早さを語るりんごむく

七五三晴れ着のままで子は遊び

夫婦老い互いに許す忘れ物

学歴は孫に負けてもまだ達者

金婚をすぎてけんかがまだ続き

宴会で軍歌を聴けば黙すだけ

酒を断ち宴席で飲む水の味

のんびりと歩けば雑草語りかけ

雪解けていろいろな声聞えくる

慰霊祭今年も消えた寮舎の灯

ひと雨と思えぬほどに草伸びる

お互いの老いには触れずひなまつり

ボランティア再会約す手の温み

夢に逢う戦友は語らず笑顔のみ

第四章

マーガレットの待つ里へ

初便り三四郎さんも元気かな

※三四郎＝峰石

孫が来て妻の好きな花供え行く

教会で孫成人式祝いけり

炬燵台筆立てハサミピンセット

陳情の帰り待っているマーガレット

孫二十名亡き妻偲ぶホテルにて

生きている今日を大事に種を蒔く

新じゃがを掘る孫たちの瞳が光り

十三夜ふと亡き妻の顔に見え

空の旅伸びて地球も狭くなり

戦争の形見水筒生きている

孫が来て手打ちうどんを共に食う

孫が来てクリスマスカード置いていく

七草もパックに詰められ時代かな

ふきのとう春の香りを連れて来る

東京で初雪踏んで陳情す

トラブルが解消共にみかんむく

ふきのとう肴に友と飲む地酒

退職者別れを惜しむ牡丹雪

ケータイに足音ひびく孫の声

連休中孫の手料理母の味

後部席障害ベルトしてもらう

雑草に負けてたまるか鎌を研ぐ

父の日に宅配届く胡蝶らん

亡き父の形見が似合う齢となり

少年の日思い起こすラムネかな

下界より一足早い虫の声

原爆忌戦争体験若者へ

療養祭雨降らぬよう主に祈る

敬老会参加者みんな口達者

宅配便今日の昼食う里のいも

湯上りに虫の音なごむ草津宿

亡き妻を想い起こさせいわし雲

ナースコール看護師すぐにとんで来る

正月に苺を食べる温暖化

住み慣れた旧舎解体妻浮かぶ

友便り大きな字読み涙ふく

七草に母の唄ごえ口ずさむ

菜の花が届き友にも分けてやり

梅の香り車に乗せて孫が来る

自分史が啓発活動旅に出る
足元に平和を語るタンポポと
雑草の花の個性を知る散歩

じいちゃんはとてもおしゃれと孫が誉め
代用食昭和の夏を喋りだす
慰問団訛り言葉がなつかしい

今朝もまた妻に一声置いていく

虫干しに大正昭和匂いする

足踏みで陳情を待つビルの風

美味しいと新米食べて帰る孫

鏡餅小さく飾って寮に住む

七草粥食べると母の数え唄

元旦に浅間白根の雪明かり

玄関に猫柳生け客迎え

満月に明日の講演地図広げ

初電話初孫生まれ声弾む

孫電話ドイツ留学弾む声

小学生体験語り握手攻め

うず高く梅の幸積む直売所

マーガレット咲いて妻の忌に供え

弔辞読む遺影浮かんで絶句する

朝採りの幅広隠元土産とす

妻植えしあじさいの花白ばかり

そらまめの香りや妹の宅配便

終戦日亡き戦友に水供え

亡き妻の前掛け締めてキッチンに

説教も蝉時雨にて聞き取れぬ

夕焼けに浅間白根が絵の如く

財布には妻の写真と二人旅

里帰り野菊手折って墓参かな

書き初めのうさぎを太く書く八十路

マーガレット開きて妻の顔がゆれ

天と地の恵みを受けて生きている

第五章

千人の孫

シクラメン家族と共に客を待つ

春の香り草餅食うと母想う

亡き母へ惜しみなく切る水仙を

黙祷で始まる青森会議かな

賞味切れ知らずに使う老夫婦

独身舎討ち入りの日に引越しを

ひまわりの居並ぶ顔に会釈され

玄関に水打ち孫を待ちにけり

ふるさとへ思い届ける神輿かな

妻思う南部風鈴鳴るたびに

曇り空牡丹の花に傘を貸す

たんぽぽも旅仕度して風を待ち

見舞い客一鉢バラの花を置く

金婚の思い出水上夫婦風呂

入院で文句言ってる患者です

礼拝後誕生祝う桜餅

孫が来る大根煮付けて待つ匂い

杖の友京都歴史を堪能する

朗報に大学合格孫二人

一人暮らしお喋り人形妻変わり
カタクリと出会い妻との出会い思う
陽だまりに会話が弾む雀たち

送られしりんごの中に友の文

骨堂へ花を供えて盆月夜

教会でランドセル背負って飛び跳ねる

花好きの妻の忌近く牡丹咲く

大自然人たむろする白根山

妹が手作り胡瓜置いていく

牡丹咲く亡き戦友の靴の音

物忘れ夫婦げんかが懐かしい

いたどりの新芽を食べた遠い日よ

人間よ素直になれと小鳥たち

福寿草両手広げて孫を待ち

節分に歳の数だけ福は内

今妻と二人三脚冬を越す

大震災忘れることなく語り継ぐ

震災地父の形見の桜かな

被災地にさまよい歩く牛の群れ
震災と背中合わせの会議なり
自然界対話の出来る山に住む

病窓に心をいやすいわし雲

枯野行く落ち葉の匂い妻が浮く

一言がすぎたを悔いる星月夜

わくら葉も土になるまで語り部よ

もくとうにカラスまで泣く終戦日

味噌つけて胡瓜かじった終戦日

生きている証夜半にトイレ行く

妻送る他人の悲しみ理解でき

タンポポが車座になり旅仕度

見舞い客回復祈り土筆摘む

どの顔も笑顔に見える花吹雪

地球を守ろうと言ってるゴミの山

夏祭り柳友と共に語り合う

夏祭りみこし担ぎに孫が来る

夏帽子母に似てくる妹よ

高崎で偏見差別語り部に
この道を行けば戦友の墓地がある
ひまわりが我が家の客に頭さげ

萩こぼれ踏み分けて来る孫の声

盆月夜ふと亡き妻の声を聞く

運動会竹皮弁当母の味

夏近し孫よりそうめんが届く

花に水頼み上京する急務

卒論に期待をかけて待つ便り

雑草が川の汚水を教えてる

大晦日テレビと共に蕎麦を食う

渋滞でまだトンネルを抜けられぬ

第六章

針の音

世界中笑って生きる日を祈る

観桜に行きたし夫婦靴を買う

一日を大事に生きる齢になり

責任は持たぬ話題へ人が寄り

反論も面倒くさい八十となり

車窓から早苗田両親遺影なく

待合所雑談に本音垣間見る

父の日に孫より赤い帽子贈られる

耳鳴りと仲良く暮らす業を知る

人生は台本通りに生きられぬ

蚊帳のなか蛍放した頃思う

新世紀偏見差別鬼は外

新世紀時計の音は変わらない

足音を追い越していく師走かな

看護師が実母のような仕草です

病妻の窓明け放すいわし雲

道草も出来ずに塾へ孫走る

方言のほおずき市に足を止め

梅桜一斉に咲く山に住む

師の遺句集やさしく私に語りかけ

春ですよ百花繚乱生きている

うぐいすの声を聞きなと妻が言う

夢に出る信号のない里恋し

喋るだけ喋って帰る三姉妹

行李の中少年兵匂いまだ残る

遠花火少年の日の下駄の音

風鈴も孫が帰るとよく聞え

朝ドラに青春時代目を覚ます

草もみじ妃殿下踏みわけ資料館

宝石と無縁の暮らし朝の露

功労賞祝いの席に菊かおる

今日もまた体験見学者に語る

元旦に喜寿の私をかこむ孫

療養祭屋台の味は田舎味

父のいる星座を時に見失う

約束の時間も忘れ齢を知る

自治会活動余生のんびりとは出来ぬ

九条の行方気になる少年兵

山に住む入所者みんな口達者

いつからかもったいないが死語になり

タンポポが地を這うように旗をふる

今朝もまた辞世と思い作句する

妻病んだ料理洗濯プロになり

学童の如く寄りそう福寿草

湯の宿でふるさと訛り雪見酒

戦病の傷跡うずくぼたん雪

ハンセン病知らぬ学生にミニガイド

誕生日孫がマフラー持って来る

世界中桜の花を咲かせたい

新官邸閉所恐怖武器生産

元朝に白銀踏めば闘志湧く

八十に人の名前が遠くなり

まな板におふくろの味消えてゆく

土筆坊幼なじみが呼んでいる

戦死した同期の分までも生きる

終戦の兵舎の庭の月見草

話したい友の来る日を待ちわびる

療園も連休客で若返り

梅の花窓辺で会議案じている

牡丹雪使者に恵みを置いていく

ぬかみその胡瓜きざんで一人住む

火祭りの果てに浅間の火の匂い

病妻が九十日目も点滴で

父の日に形見腕時計ねじを巻く

人生は命使えと父の声
人生の余白を埋めるペン走る
自分史にまだ書きたりぬ詩がある

あとがき

我が人生天国目指す旅路かな

私が川柳と出逢ったのは昭和五十年四月一日、山本良吉氏の川柳句集出版記念会にお招きいただき、その折に句集『熟さない木の実』をいただいた際のことです。さっそく頁を繰りますと、一句一句の表現力に驚き感動いたしました。山本氏は重度の障害者でしたが、句は健常者と同様の感性で詠まれていました。私も入所三十年となり、五十歳まで生かされたこともあり、私の軌跡を残そうと十七文字の川柳にしてみたいと思いました。

五月に高原川柳会に入会させていただきました。当時、高原川柳会の選者は伊藤柳涯子先生でした。目に映る自然界の営みを十七文字にして作句しました。先生の指導を受け毎月投句すると、添削されて戻ってきます。添削された部分を熟読すると、川柳のことが少し分かるようになりました。伊藤先生の指導は昭和五十二年四月号まで。その後、川柳研究社の渡邊蓮夫先生が五月号より選者としてご指導くださいました。先生曰く、川柳は「生活の詩」「愛の詩」と教えていただきました。また「継続は力なり。休むことなく毎月投句してください」と仰いました。渡邊先生のご指導を受けるようになって、二十年の月日が流れました。私は二十年の節目として、この間の作品を整理して句集を発刊しようと思っていた矢先、渡邊先生が逝去されました。本当に残念でした。

渡邊先生におかれましては、ハンセン病の啓発活動に多大なる貢献をされましたことを改めて感謝申し上げる次第です。心より先生の「御霊」のご平安をお祈り申し上げます。

渡邊先生はご存命中に病床で、西來みわ先生に高原川柳会の選者をお願いされたそうです。平成十年五月より西來先生が高原川柳会の選者となられました。

私は昭和六十一年より川柳研究社の会員となりました。当時の代表は渡邊先生でしたが、その後、西來先生へと代わりました。

この度、川柳研究社に発表した作品を句集として発刊することになり、西來先生が三日三夜の時間を費やし、一一一三句から全身全霊を込めて四一四句を選句してくださいました。このご尽力に対しまして、感謝の二字以外ほかに見つかりません。さらに、身に余る序文をいただき誠にありがとうございました。

またこの度の出版に際し、新葉館出版の竹田麻衣子氏のご尽力をいただき、感謝申し上げる次第です。

これからも私の人生の軌跡を十七文字に書き残し、一日一日を主に生かされていることを肝に銘じて歩んで行きたいと望んでおります。

なお拙書に対して、読者の皆様のご意見、ご感想を賜れば幸いと存じます。

二〇一一年十二月二十二日

藤田　峰石

（藤田三四郎）

【著者略歴】

藤田峰石（ふじた・ほうせき）

1926年 2月22日	茨城県に生まれる
1945年 7月 7日	国立栗生楽泉園入園
1946年 5月 3日	石井ふさと結婚
1960年	栗生楽泉園自治会 執行委員、現在に至る。
1975年	栗生高原川柳会入会
1976年	栗生詩話会入会
1978年	川柳研究社入会
1979年	東京みなと番傘川柳会入会
1988年10月10日	詩文集『方舟の櫂』皓星社
1992年 5月	『藤田三四郎詩集』青磁社
1993年 2月 1日	散文集『マーガレットの思い出』青磁社
1994年 6月30日	散文集『水仙の花を手にして』さがらブックス
1996年 8月22日	詩集『出会い』土曜美術社出版販売
1996年12月22日	『月見草に出会う』土曜美術社出版販売
1998年11月22日	『一粒の麦』葉文館出版
1999年 1月 1日	東京みなと番傘川柳会同人・自選
2000年 1月	川柳研究社同人・自選
2000年 4月 1日	西毛文学同人
2001年 2月22日	『私と落葉』新葉館出版
2001年	茨城新聞詩壇の部「後期賞」受賞
2002年10月28日	群馬県「県功労賞」受賞
2004年 6月19日	58年連れ添った妻ふさ、78歳にて逝去
2004年 6月22日	『白樺のうた』新葉館出版
2005年 3月15日	『白樺の木立を越えて』文芸社
2006年11月22日	『マーガレットの丘』新葉館出版
2009年 1月19日	『月光を浴びて』新葉館出版
2011年 2月22日	『死の谷間母の言葉で生まれ変わる ―クロッカスの香り』新葉館出版

〈MOL合同証文集に執筆〉

1972年	『現代のヨブたち』
1976年	『地の果ての証人たち』
1979年	『いのちの水は流れて』
1985年	『わたしの聖句』
1991年	『私の賛美歌』
1980年	詩話会合同詩集『骨片文字』
1982年	川柳会合同句集『高原』

現住所　〒377-1711　群馬県吾妻郡草津町大字草津乙650
TEL　0279-88-4083

川柳句集 旅路の六十年
○
2012年2月22日　初版発行
著　者
藤　田　峰　石
発行人
松　岡　恭　子
発行所
新　葉　館　出　版
大阪市東成区玉津1丁目9-16 4F　〒537-0023
TEL06-4259-3777 FAX06-4259-3888
http://shinyokan.ne.jp/
印刷所
株式会社シナノ
○
定価はカバーに表示してあります。

ISBN978-4-86044-452-5